Este libro
es propiedad

LOS LOBITOS DE MAR

Cinco, como los dedos de una mano,
estudian el primer curso en la Escuela de Piratas
y aspiran a convertirse en expertos bucaneros.

Jim

Inteligente y audaz, está siempre dispuesto a sacar a sus amigos de cualquier apuro. Es de origen inglés.

Antón

Flaquito y un poco cobardica, siempre se está quejando de todo... Tiene orígenes franceses.

Ondina

La única chica de la
tripulación posee una
habilidad insólita: habla
con los peces. Es portuguesa.

Babor y Estribor

Los dos enormes y requeterrubios hermanos
noruegos se parecen como dos gotas
de agua y... ¡no hacen más que
meterse en líos!

LOS CAPITANES

Los maestros Pirata tienen el título
de capitán y cada uno de ellos enseña
una asignatura distinta de la piratería.

Hamaca

Holgazán y dormilón,
el profesor de los Lobitos
de Mar es maestro de Lucha
porque... reparte golpes
como pocos en el mundo.

Shark

El maestro de los
Tritones está lleno
de cicatrices dejadas
por tiburones y medusas.
Enseña Navegación.

Letisse Lutesse

Es maestra de Esgrima.
Bonita y siempre elegantísima,
se le considera la pirata más
hermosa del mar de los Satánicos.

Sorrento

El maestro de Cocina
prepara el mejor caldo
del mar de los Satánicos.
A base de medusas, claro está.

Vera Dolores

Maestra de las Cintas Negras,
la imponente enfermera de
la isla es supersticiosa hasta
extremos inverosímiles y una
apasionada de los horóscopos.

Sir Steve Stevenson

La Escuela de Piratas

El rapto de lady Lidia

Ilustraciones de Stefano Turconi
Traducción de Julia Osuna Aguilar

pirueta
www.piruetaeditorial.com

Para Frida, que es siempre la primera
que lee las aventuras de los Lobitos.

Prólogo

Comienza la aventura...

¡Corrían tiempos difíciles para los Lobitos de Mar!

Tras lanzarse a toda vela a aventuras extraordinarias, los cinco chicos llevaban meses sin aparecer por la Escuela de Piratas y empezaban a padecer una profunda nostalgia.

Lo único que no echaban de menos eran los potajes de algas y medusas del capitán Sorrento… ¡hasta el rancho de la cárcel de Smog Town era más apetitoso!

Prólogo

Sí, la cárcel…

¿Cómo habían acabado allí?

Tras atracar en New Land, el bastión inglés gobernado por lord Wilkins, los cinco alumnos habían descubierto que en aquella isla se perseguía y se encarcelaba a todos los piratas que pillaban.

El francesito Antón no dejaba de suspirar en su celda:

−¿Dónde estará mi amada? −Y pasaba las noches en vela contemplando la luna por la ventana.

¡Era insoportable!

Una tarde, al enésimo suspiro, el noruego Babor no pudo aguantarse más y le recordó con su proverbial falta de tacto:

−¡Tu amada está en las garras del capitán Cucaracha!

Su hermanito, Estribor, rebañó con un dedo lo que le quedaba de rancho en la escudilla y añadió tan campante:

—O en la barriga del caimán Néstor.

Antón reflexionó sobre la terrible situación que habían vivido la semana anterior: muy cerca ya de su objetivo, los Lobitos se habían topado con el capitán Cucaracha, un malandrín que se había erigido en el cacique de las cloacas de Smog Town junto a su caimán amaestrado. El malvado pirata había raptado a lady Lidia, la hermosa hija del gobernador, y pretendía pedirle un desorbitado rescate a su padre.

—¡Pobre de mí! —gimió el francesito—. ¡Estábamos hechos el uno para el otro! Si no nos hubiesen atrapado los guardias, ¡ahora estaríamos abrazados bajo el claro de luna!

Babor y Estribor se imaginaron la escena y se rieron entre dientes, mientras el inglesito Jim intentaba consolarlo:

—¡Si nuestro plan de fuga funciona, dentro de poco podrás ver a tu lady Lidia! —Después miró de reojo a Ondina, que estaba tramando algo en un rincón de la celda, y le preguntó—: ¿Qué? ¿Has conseguido esconderlo?

La única chica de la compañía se había guardado la cuchara del rancho en la bota.

—¿Se nota mucho? —preguntó poniéndose de pie.

Jim sacudió la cabeza.

—No, no mucho —sopesó—. Pero será mejor que te pongas detrás de nosotros, por si acaso…

Para su huida, los cinco Lobitos habían pasado las últimas noches excavando un túnel bajo una losa del suelo. El prisionero que los había precedido, un tal Lewis Pata de Palo, casi había culminado el trabajo tras muchos años en prisión y, antes de que lo embarcasen rumbo a una colonia penal en Brasil, les había confiado su secreto a los Lobitos. Ahora solo quedaba un último tramo no muy grueso de cascajo compacto.

Hasta entonces los cinco piratas habían logrado abrirse camino con las manos, pero se imponía ya la necesidad de un utensilio de hierro.

—¿Adónde saldremos? —preguntó Antón por enésima vez.

Y, por enésima vez, Jim le repitió:

—Al otro lado del palacio del gobernador, a las calles de Smog Town. ¡Allí no hay guardias!

Pero en ese preciso instante…

—¿De qué guardias habláis, so moluscos? —preguntó el carcelero, que se plantó con gesto amenazante ante los barrotes—. ¿No creeréis que podéis escapar?

Pillados in fraganti, los Lobitos se agruparon en el centro de la celda, con Ondina en precario equilibrio sobre la bota apretujada.

Tenían que inventarse una excusa para distraer al carcelero y que no sospechara nada.

—Estábamos diciendo que es el mejor guardia del mundo —lo alabó Jim, que luego arqueó las cejas y añadió—: Aunque…

—¿Aunque qué? —gruñó el hombre.

—Nada, que a veces vuestra merced se despista un poco y se le olvida traernos cubiertos —respondió educadamente Jim.

—¿Que yo me despisto? —se encolerizó el carcelero—. Bromeas, ¿no?

El joven inglés le enseñó las manos manchadas de comida.

—Solo teníamos cuatro cucharas. He tenido que comer con las manos.

¡Qué astucia la del joven Jim!

Sus compañeros lo miraron con admiración y esperaron a que el carcelero picase el anzuelo.

No tardó mucho.

—¡Dadme ahora mismo las escudillas y los cubiertos! —tronó con voz truculenta el guardián—. ¡La próxima vez avisadme si os falta algo! —Recogió los cacharros sucios y se fue exultante—: ¡El mejor guardia del mundo, je, je! ¡Tal vez sea hora de pedir un ascenso!

¡Se lo había tragado!

Los Lobitos lo celebraron entrechocando las manos en el más absoluto silencio.

—¡Vamos, excavemos el último tramo del túnel! —susurró Ondina sacándose ya la cuchara de la bota—. Y recordad tirar la tierra por la ventana, como nos enseñó Lewis.

Babor levantó la losa de piedra.

—¡Dentro de poco seremos libres! —gritó a los cuatro vientos.

—¡Haremos un banquete hasta el amanecer! —añadió feliz su hermano, dándose una palmadita en la barriga.

Los cinco bajaron por el túnel y estuvieron media hora excavando con la cuchara hasta que, por un agujerito, les llegó el aire fresco de la noche. Aceleraron entonces las operaciones, deseosos de escabullirse.

Al cabo de unos minutos salían al aire libre.

—Pero… ¿dónde estamos? —preguntó Ondina.

En el rostro de los lobitos se dibujó una expresión de desconcierto.

Estaban rodeados por un jardín bañado por la luz de las estrellas, con plantas de todas las formas y tamaños, huertos muy cuidados, un picadero, varios establos y un gallinero.

1
La mansión del gobernador

—¡Nos hemos metido en una buena! —exclamó Antón mientras caminaban a gatas por los setos bajos del jardín—. ¿Sabéis la que nos espera como nos pillen?

—No, ¿el qué? —preguntaron Babor y Estribor con curiosidad.

Antón se puso de rodillas y torció la boca como si le apretaran una soga alrededor del cuello.

Del susto, los hermanitos profirieron un gemido.

—No nos cogerán —intervino confiado Jim—.

21

¿Veis aquel árbol grande de allí?

Los Lobitos miraron hacia el fondo de la finca, donde había un olmo con una copa muy poblada cuyas largas ramas sobrepasaban la tapia.

—¡Es verdad! —exclamó Ondina—. ¡Saltaremos el muro trepando por las ramas!

Antón, que sufría de vértigos hasta cuando subía una escalera, puso muy mala cara.

—¡Siempre con vuestras soluciones peligrosas! —refunfuñó—. ¿Por qué no podemos salir por la verja de entrada?

—Hay centinelas vigilándola —repuso Ondina.

—¡Pues entonces entremos a escondidas en el palacio de lord Wilkins!

—¡De Guatemala a Guatepeor! —comentó con ironía la chica.

El duelo oral se vio interrumpido por un ruido repentino.

—¿Quién anda ahí? —preguntó alguien en voz alta.

A la velocidad del rayo, los Lobitos se agacharon en el suelo y se escabulleron por la espesura de un seto. Vieron pasar a un soldado con una espada desenfundada y una antorcha encendida.

Tenían que hacer algo o, en cuanto diera unos pasos, ¡los descubriría y alertaría a toda la guarnición de Smog Town!

—¡Yo me encargo! —susurró Ondina—. Nos vemos dentro de diez minutos en el olmo grande.

—No, espera, ¿qué vas a hacer? —intentó retenerla Jim, pero la chica ya se había esfumado.

Los Lobitos oyeron unos pasos apresurados seguidos de un rumor de helechos.

El guardia se volvió hacia ese lado y repitió:

—¿Quién anda ahí?

¡GUAU, GUAU, GUAU!

Los chicos trataron de contener la risa: ¡Ondina acababa de imitar a la perfección el ladrido de un perro!

—¡Oh, no! —exclamó el soldado—. ¡El mastín de Lord Wilkins ha vuelto a escaparse de su jaula! —Atribulado, guardó el sable y se encaminó hacia una pequeña caseta iluminada.

—¿Adónde va? —preguntó Babor.

—Va a pedir refuerzos. ¡Debemos salir por piernas

cuanto antes! —respondió Jim agitado. Pero entonces puso cara pensativa y les preguntó a sus amigos—: ¿Alguno sabe ladrar, por casualidad?

Los demás sacudieron la cabeza.

—Yo sé hacer la gallina, ¿te vale con eso? —preguntó dudoso Estribor.

Jim miró el tejado del gallinero.

—¡Estupendo! ¡Si se acerca alguien, ponte a cacarear a más no poder!

—A mí se me da muy bien balar como una oveja —se prestó Babor.

Jim les dio a ambos una palmadita de ánimo en la espalda y después miró fijamente a Antón.

—¿Y tú? ¿Sabes imitar algo? —le preguntó.

Antón jugueteó con los gemelos de la manga y reconoció avergonzado:

—De pequeño mi padre me regaló un borriquito…

Al punto Babor y Estribor se doblaron en dos de

la risa, mientras Jim les hacía señas para que se calmaran.

—Venga, a dispersarse —anunció en cuanto se calmaron—. Si veis peligro, ¡imitad a vuestros animales!

Entre tanto, de la caseta habían salido cuatro o cinco soldados con antorchas que daban vueltas por el jardín llamando a voces:

—*¡Polifemo!* ¡Ven aquí!

Los Lobitos salieron disparados en todas direcciones para llegar al olmo y se escondieron tras los arbustos, los helechos y los macizos de flores.

—¡Está aquí! —gritó un soldado—. *¡Polifemo* está aquí!

¡GUAU, GUAU, GUAU!

—¡No, está por aquí! —gritó otro.

¡BEEEEE!

—¡Por las barbas del gobernador, se ha escapado una oveja!

¡COCOCO!

—¡Es una gallina!

Confundidos a más no poder, los soldados decidieron ir a supervisar los recintos de los animales para ver qué había pasado.

En ese momento escucharon el rebuzno de un burro…

¡IAAAA, IAAA, IAAA!

Un guardia detuvo al grupo entero.

—¡Esperad! —exclamó—. ¿Sabéis si en el picadero hay algún burro?

—¡Me parece que no!

—¿Y entonces qué ha sido ese rebuzno?

Escamados, los soldados miraron a su alrededor. La luz de la antorcha iluminó el rostro de Antón, escondido entre los rododendros. El muchacho intentó de nuevo imitar al burro, pero, del miedo, no pudo articular rebuzno.

—¡Es un ladronzuelo! —gritó un guardia.

—¡A por él!

El francesito no se lo pensó dos veces: puso en marcha sus enclenques piernecillas para alcanzar el olmo, zigzagueando entre los plataneros y los cocoteros, veloz como una bala de cañón.

Los soldados lo persiguieron sin dejar de chillar a voz en grito:

—¡Al ladrón! ¡Hay un ladrón en la mansión!

La mansión del gobernador

Mientras tanto, los demás Lobitos habían recogido fruta de los árboles y habían trepado a la copa del olmo. En cuanto Antón se acercó con los guardias pisándole los talones, empezaron a lanzarles una granizada de melocotones, ciruelas y plátanos.

—¡Vamos, Antón! —le gritó Jim desde la rama más baja—. ¡Cógeme de la mano!

Sin aliento ya, el francesito apretó los dientes y alzó el vuelo en un último esfuerzo…

Capítulo 1

…¡y Jim y compañía lo agarraron por la chaqueta!

Al instante siguiente los Lobitos aterrizaban al otro lado del muro.

2
De paseo
por los tejados

A esas horas de la noche, los Lobitos creyeron que la ciudad estaría durmiendo; sin embargo, las calles eran un hervidero: pelotones que marchaban hacia el puerto, gente asomada a las ventanas, grupitos de artesanos que charlaban con las herramientas de trabajo en la mano.

—¿Es que ya se han enterado de nuestra fuga? —se sorprendió Babor.

—¿Tan rápido? —se extrañó también Estribor.

Jim, que se había criado en Smog Town, nunca

había visto semejante algarabía por las calles. Por lo general, de noche solo transitaba la ronda nocturna.

—Ha pasado algo raro —susurró en tono enigmático—. ¡Parecen todos asustados!

—Nuestra fama hace temblar a cualquiera —sentenció Antón, que ya se había recuperado de la extenuante carrera.

—¡Eso será! —replicó Ondina—. ¡Muertos de miedo ante la visión de un pirata cuatro ojos!

Antes de que se enzarzaran de nuevo, Jim se montó en una caja de madera y se encaramó al tejado en pendiente de una vivienda sin luces. Los amigos vieron que se quedaba escrutando el horizonte boquiabierto.

—¿Qué pasa? —preguntó Ondina.

—¡Increíble! ¡Venid a verlo con vuestros propios ojos!

Cuando estuvieron en el tejado, los demás Lobitos se quedaron también de piedra: ¡los barcos de la flota se disponían a zarpar a toda prisa!

—¿Qué son aquellas luces en el mar? —preguntó Ondina señalando más allá de la bahía.

—Cañonazos —respondió Antón.

Enmudecieron mientras escuchaban las explosiones a lo lejos. Era evidente que la isla estaba siendo atacada por una flotilla…

—¡Pero si aquella es la *Argentina*! —exclamó Estribor—. ¡El barco del director!

—¡Mirad, también está la *Talismán* de la maestra Dolores!

—¡Y la *Lechuza*, el *Tiburón Blanco* y el resto de barcos de la escuela!

—¡Vienen a salvarnos! —gritaron los hermanitos noruegos saltando de alegría sobre las tejas.

—Pero ¿cómo habrán sabido que estábamos aquí? —preguntó Ondina.

—Quién sabe… ¡Las noticias vuelan por las olas! —comentó Jim.

Antón era el único que no se alegraba: se había sentado de brazos cruzados y había puesto cara larga.

—Ya sé lo que estáis pensando —bramó—. Queréis robar una chalupa y reuniros con nuestros compañeros, ¿no es así?

—Excelente idea —asintió Jim con una gran sonrisa.

—¿Qué hacemos aquí todavía? —añadió ansioso Babor, chocándole la mano a su hermano—. ¡Rápido, volvamos a casa!

—Yo me quedo en Smog Town —dijo con firmeza Antón—. Tengo que salvar a mi prometida, lady Lidia…

¿Que qué?

A un paso de la salvación, ¿Antón se rendía?

¡Ver para creer!

De paseo por los tejados

—¿Te has vuelto loco? —le preguntó Ondina sacudiéndolo por la chaqueta—. ¿Todavía piensas en esa presumida?

—La amo perdidamente —suspiró el otro.

—¿Y quién te dice que es un amor correspondido?

Jim intercedió y les pidió que se calmaran.

—¿Y si Antón tuviese razón? —preguntó.

—Pero ¿os habéis vuelto todos locos? —exclamó Ondina—. ¡No podemos quedarnos por lady Lidia!

—Pero podría ser lo mejor. Escuchad mi plan...

El intrépido inglesito les hizo ver a sus amigos que una batalla naval contra la flota del gobernador podía ser muy peligrosa para sus compañeros de escuela. Bien pensado, tampoco robar una chalupa en el puerto y enfrentarse con las olas sería pan comido...

—Entonces, ¿qué propones? —preguntó Babor.

—Si liberamos a lady Lidia del capitán Cucara-

Capítulo 2

cha, podremos pedir una tregua al gobernador Wilkins —explicó Jim—. Además, le habíamos prometido volver para liberarla —les recordó al resto.

A Antón se le iluminó la cara de alegría mientras sus compañeros reflexionaban en silencio.

Al final, todos se convencieron de que el plan de Jim era el mejor.

—Bien, corramos a buscar a lady Lidia —anunció el joven inglés.

—¿A las cloacas? —preguntó tapándose la nariz Estribor.

—No, ¡iremos a ver a nuestros confidentes particulares! ¿Os acordáis de la Banda del Carbón?

Se trataba de un grupo de jóvenes golfillos que se dedicaban al hurto y a otros delitos menores. Una semana antes habían ayudado a los Lobitos a huir de los guardias de New Land.

—Pero ¿cómo vamos a encontrarlos? —se lamentó Antón–. ¡Esta ciudad es enorme!

Jim esbozó una sonrisa pícara.

–¿Os acordáis del mapa que nos metieron en el saco? –preguntó enseñándoles un pañuelo con el mapa de Smog Town–. Mirad, aquí viene indicado dónde está su guarida secreta. ¿A qué esperamos, chicos? ¡Vamos!

Los Lobitos siguieron a Jim, que brincaba de tejado en tejado con la agilidad de un gato y evitando las grandes chimeneas humeantes. Desde arriba la ciudad era una extensión infinita de casas.

–Allí está su base secreta –dijo Jim tras consultar el mapa por última vez. Les señaló una buhardilla apartada.

Los Lobitos escrutaron el interior de la buhardilla, donde unos chicos cubiertos de hollín de pies a cabeza se repartían el botín de su último golpe.

–Una perla para cada uno –dijo el cabecilla

rompiendo el cordel de un collar–. Aquí tienes la tuya, Número 2.

Por seguridad, los miembros de la Banda del Carbón utilizaban números en lugar de nombres.

–Esta para ti, Número 3.

Cuando Jim llamó al ventanuco, el cabecilla se sobresaltó y las perlas salieron disparadas.

–¡Los guardias! –aulló aterrado–. ¡Ahuecad el ala!

–No huyáis, que somos los Lobitos de Mar –intervino Ondina.

Número 3 levantó la vista y preguntó extrañado:

–¿Los Lobitos de… qué?

40

Un chico alto le susurró algo al oído. Era Número 4, su amigo de las minas.

—Bajad, hermanos Lobitos —les invitó.

Jim saludó a todos los presentes con gran cordialidad y no tardó en ir al grano.

—¿Sabéis dónde tiene encerrada a lady Lidia el capitán Cucaracha?

—¿Por qué habríamos de ayudar a la hija del gobernador? —replicó contrariado el cabecilla de la Banda del Carbón—. ¡Lord Wilkins obliga a nuestros padres a trabajar en las minas!

Los Lobitos les contaron sus numerosas desventuras mientras los más jóvenes los miraban fascinados. El cabecilla los escuchó cada vez con más atención hasta que lo convencieron.

—¡Vale, os lo diremos!

Los Lobitos estaban en ascuas y se retorcían nerviosos las manos.

—El capitán Cucaracha tiene a la damisela en un sitio lleno de trampas —dijo el chico en tono misterioso.

—¿Dónde? —preguntaron a coro los cinco piratas.

El jefe de la Banda del Carbón tosió antes de revelar el secreto:

—El paradero de lady Lidia se encuentra en…

3
De peligro en peligro

−… en el punto más alto de los acantilados, donde se levanta el Viejo Faro −concluyó el chico.

Antón estalló de alegría y se puso a bailar en medio de la buhardilla decrépita.

−¡Mi amada Lidia! −exclamó en trance−. ¡Pronto volveré a ver su hermoso rostro de perla!

Ondina le tiró del faldón de la chaqueta.

−Deja de bailar, so gallina. ¡Tenemos una misión! −le recordó mientras lo empujaba hacia fuera.

Después de dar las gracias a la Banda del Carbón, Jim se reunió con los demás. Ondina señaló el promontorio con el dedo.

—¡El acantilado es altísimo!

—¡Podría escalar todas las cimas del mundo por lady Lidia! —afirmó Antón con mirada fiera.

Ondina, harta ya de sus tonterías, bufó:

—¡No perdamos el tiempo, vamos! —Y se encaminó hacia el Viejo Faro.

Los demás la siguieron.

Mientras, los barcos del gobernador habían alzado las velas y respondían al fuego con sus cañones. Smog Town estaba decidida a plantar batalla a la flota de la Escuela de Piratas.

—¡La cosa se pone fea! —se inquietó Estribor—. Mejor que aligeremos el paso.

—¡Aligera tú, que vas el último! —le gritó su hermano.

Estribor se lo tomó al pie de la letra y superó las últimas casas en un *sprint* fenomenal. Bajó de los tejados y esperó a sus amigos bajo una palmera.

—Aquí hay un sendero, pero ¿será por aquí? —preguntó.

El resto de Lobitos pasaron de largo mientras le señalaban un letrero de madera que decía: «AL VIEJO FARO».

Estribor se dijo para sus adentros: «Juro que en cuanto termine la escuela aprenderé a leer». Y acto seguido echó a correr a toda pastilla.

Tras trotar unos diez minutos por un bosque-
cillo, de repente, los árboles dejaron paso a un
zarzal selvático. Para colmo de males, del suelo
despuntaban rocas afiladas como cristal.

—El sendero ha desaparecido —dijo Jim—.
¡Avancemos con cautela!

—Cuidado con las trampas del capitán Cucaracha —añadió Ondina, abriendo camino con una
vara larga.

—¿Qué vamos a hacer con Néstor? —preguntó
tembloroso Antón.

—¿Qué Néstor? —preguntó Babor, que estaba
en las nubes.

Néstor era el caimán del capitán Cucaracha:
en su aventura por las cloacas, ¡a punto había
estado de merendarse a Antón de un bocado!

Mientras avanzaba con pasos cautelosos, Jim
explicó:

–Los caimanes viven solo cerca de agua dulce… en los ríos o los pantanos. –Luego apartó una zarza grande con un palo y señaló al frente con el dedo–. Adonde vamos nosotros, no hay agua dulce –afirmó resuelto.

Los Lobitos vieron por primera vez el perfil oscuro del Viejo Faro. Estaba encaramado al promontorio y semejaba una torre inclinada. Las plantas superiores estaba derruidas y había cascotes caídos por todo alrededor.

–¡Qué sitio más siniestro! –exclamó Antón.

–¿No será mejor que encendamos una antorcha? –preguntó Estribor–. ¡Me estoy clavando espinas hasta en el cuello!

Su hermano Babor apretó los ojos del susto.

No eran las espinas lo que le picaba…

…¡sino un ejército entero de horribles y escurridizas cucarachas!

47

—¡Qué asco! —gritó el noruego—. ¡Nos invaden!

En ese momento todos los Lobitos se dieron cuenta de que estaban cubiertos por una masa pululante de insectos y empezaron a quitárselos de la ropa.

—¡Fuera! ¡Fuera, bichos asquerosos!

—¡Se me han metido en las botas!

—¡Mi pelo, qué horror!

Del susto los jóvenes piratas cubrieron un buen trozo de camino en un santiamén y se refugiaron en la roca más grande que encontraron a los pies del faro. Cuando se detuvieron, se libraron de los insectos que les quedaban y soltaron un suspiro de alivio.

—Las trampas del capitán Cucaracha —dijo Ondina haciendo aspavientos—. ¡Zarzas espinosas, rocas afiladas y cucarachas gigantes!

—Y la cosa no termina ahí… —comentó Jim con cara de susto.

Estribor se echó a temblar.

—¿A qué te refieres? —preguntó—. ¿Ves más trampas?

—El Viejo Faro está a punto de derrumbarse —respondió—. El mínimo paso en falso y se vendrá abajo como un castillo de naipes.

Justo en aquel momento, en lo alto del promontorio resonó una vocecita conocida.

—¡Ayuda! —gritó—. ¡Me tienen presa!

Era la voz de lady Lidia, ¡y provenía del interior del edificio!

Antón hinchó el pecho, respiró hondo y salió a todo correr entre las zarzas.

—¡Madamisela! —exclamó—. ¡Os salvaré, cueste lo que cueste!

Los demás Lobitos no daban crédito.

¡De modo que lo de Antón iba en serio!

¡Se había convertido en un valiente!

Lo vieron sortear a todo correr las zarzas y las rocas y abatir el portón de madera podrida del faro con una patada bien dada.

Tras intercambiarse una breve señal, los chicos siguieron a su compañero francés.

4
Antón
al rescate

—Espera, Antón, ¡que es peligroso! —gritó Jim desde la entrada del faro.

La luz de las estrellas penetraba por las rendijas de los muros, revelando una extensión de cascotes y vigas de madera rotas. Las cucarachas corrían por doquier y subían y bajaban por el único pilar agrietado que sostenía todo el edificio.

—¡Ha subido por la escalera de caracol! —exclamó Ondina al ver una rampa en mal estado que conducía a las plantas superiores.

—¡Sigámosle! —decidieron Babor y Estribor.

Los hermanitos saltaron como ranas hasta la escalinata pero se detuvieron alarmados.

Faltaban peldaños y unos bloques de piedra impedían la subida.

¿Cómo había hecho Antón para trepar en tan poco tiempo?

Lo entendieron en cuanto les llegó desde arriba la feliz vocecilla de lady Lidia, que repetía:

—¿Eres tú, Antón? ¡Mi héroe! ¡Estoy aquí, detrás de la puerta!

—¿Cómo la abro?

—¡Con la llave, Antón!

—¿Qué llave?

—¡La tiene el capitán Cucaracha!

Todavía en la entrada, Ondina y Jim chillaron a voz en grito:

—Antón, ¿qué está pasando ahí arriba?

Capítulo 4

Los hermanitos, por su parte, preguntaron desde la oscuridad de la escalera:

—Antón, ¿dónde estás? ¡No te vemos!

Todos llamaban como locos al muchacho francés…

…que en cierto momento estalló y les gritó:

—Pero, bueno, ¿queréis ayudarme con esta dichosa puerta?

Tenía razón: no había tiempo que perder.

Al cabo de un minuto los Lobitos estaban reunidos en la tercera planta, donde su amigo le daba ánimos a su amada a través del ojo de la cerradura:

—¡No os preocupéis, mi lady! ¡Enseguida os liberaremos! —Se volvió hacia sus compañeros con el rostro tenso y preocupado.

—¿Con los hombros o a patadas? —propuso Babor.

—Empujemos todos juntos —dijo Ondina—. ¡A la de tres! ¿Listos?

Los demás chicos asintieron decididos y se prepararon para la carga.

–Uno…

–Dos…

–¡Y tres!

La puerta se había abierto un momento antes del impacto y los Lobitos acabaron rodando por la estancia y amontonándose en una pila.

–Ejem, perdonad –dijo tímidamente lady Lidia–. La he abierto con una horquilla. No se me había ocurrido antes…

No había acabado la frase cuando Antón la levantaba ya en volandas.

–¡Dama Lidia! –exclamó feliz–. ¡Os he echado tanto de menos!

–¡Mi valeroso Antón!

Los dos tortolitos se dieron un beso, mientras los demás Lobitos, todavía tirados por los

suelos, se tapaban los ojos de la vergüenza.

Después Jim y Ondina encendieron un farol e inspeccionaron la guarida del capitán Cucaracha. Había frascos llenos de mejunjes, cofres oxidados, sables rotos y más trastos inservibles.

¡Parecía la colección de un ropavejero!

Y de repente…

¡BUM, BUM, BUM!

lady Lidia se apartó del abrazo de Antón y preguntó qué eran esos estruendos que se oían en la bahía. Jim le contó que el director de la escue-

la había ido a socorrerlos con su flota y añadió:

—Solo tú puedes convencer al gobernador Wilkins para que ponga fin a esta batalla.

—Mi padre os escuchará —les prometió la damisela—. Os lo juro solemnemente.

Se disponían ya a salir de la estancia cuando, desde abajo, sobrevino una amenaza estridente:

—¡Estáis atrapados, moluscos! —tronó el capitán Cucaracha—. ¿Creíais que os ibais a salir con la vuestra y escapar?

¡Oh-oh!

¡El malandrín más fétido del mundo había regresado a su guarida!

¿Y ahora?

—¡Si intentáis bajar, os las tendréis que ver conmigo! —gritó el capitán Cucaracha.

Jim cogió las espadas oxidadas y las repartió entre sus compañeros.

—¡Le plantaremos cara! —dijo con voz firme.

—¿Vale también el hacha? —preguntó Antón empuñando un arma que pesaba más que él.

—¡Claro! —asintió el inglés—. ¿Preparados para la batalla?

—¡¡Sí!! —respondieron a coro los Lobitos de Mar.

Bajaron rápidamente las escaleras mientras lady Lidia iluminaba el camino con la linterna. Se asomaron por la entrada y vieron al capitán Cucaracha en toda su fealdad. Tenía las botas llenas de barro, la chaqueta mugrienta y harapienta y raspas de pescado enredadas en el pelo grasiento.

¡Era la persona más guarra que habían visto en sus cortas vidas!

—No te conviene detenernos —lo intimidó Jim—. ¡Esta vez no está tu caimán para ayudarte!

El rey de las cloacas estalló en una risa espeluznante.

—¿Y quién necesita a Néstor? —dijo mientras extraía de la alforja una red de pescar—. ¡Me basta con atrapar a uno para que todos me obedezcáis!

Los chicos intercambiaron una mirada cargada de tensión.

El capitán Cucaracha tenía razón: no podían dejar a nadie atrás…

—¡Pesca esto! —exclamó de pronto Ondina, quien, tras apuntar, le lanzó un frasco.

El proyectil le impactó en toda la cara y le hizo lanzar un grito de dolor.

—¡Es vuestro fin, piratas de pacotilla! —chilló enrabietado.

61

5
Saldando cuentas

¡BUM, BUM, BUM!

Mientras amanecía la bahía de Smog Town seguía temblando con los cañonazos.

Temblaba también el Viejo Faro, donde los cinco Lobitos y lady Lidia se enfrentaban como unos valientes al cruel capitán Cucaracha.

El hombretón bloqueaba la salida y blandía una gruesa red de pesca.

—Intentará atrapar a lady Lidia —susurró Jim—. Su rescate vale más que el nuestro.

Saldando cuentas

–¡No me apartaré de su lado! –dijo Antón sujetando el hacha con ambas manos–. ¡Si intenta tocarle un pelo, recibirá su merecido!

–No hay que hacerse el héroe, solo tenemos que distraerlo y escapar…

–¡Exacto! –intervino Babor–. Está tan gordo que no podrá seguirnos.

Mientras tanto, el capitán Cucaracha avanzaba a pasos pequeños, atento al más mínimo movimiento de sus adversarios. De pronto soltó una risotada aterradora y cogió de entre los escombros un trozo de viga. A continuación empezó a golpear con fuerza el pilar central, que ya tenía una profunda grieta…

…y si lo tiraba, ¡se vendría abajo el faro entero!

–¡Al ataque! –gritó Ondina corriendo con la espada por encima de la cabeza.

–¡Ánimo, Lobitos!

—¡Por los costados!

—¡Hacedle la zancadilla!

En la entrada del Viejo Faro se levantó una fina polvareda, mientras los rivales se enfrentaban con todo tipo de golpes.

La espada de Ondina se clavó en la viga, mientras que el capitán Cucaracha salió rodando cuando Babor y Estribor lo embistieron a cabezazos.

—¡JAJAJA! —rio el hombretón—. ¡Sois una auténtica nulidad!

Y, mientras, seguían los cañonazos…

¡BUM, BUM, BUM!

Antón le hizo una señal a Lidia para escapar por la puerta de entrada, al tiempo que descargaba un golpe con su gran hacha.

La chica se apresuró a pasarle el farol a Jim y empezó a avanzar pegada a las paredes.

La salida estaba tan cerca…

Saldando cuentas

Ondina, que ya no tenía la espada, mordió en el puño al capitán Cucaracha.

—¡AYY! —aulló de nuevo el malandrín.

Babor y Estribor aprovecharon para volver a la carga, mientras Jim lanzaba el farol y Antón hundía más el hacha.

Todo salió mal…

¡Peor, imposible!

El mordisco de Ondina hizo que el capitán se agachase y la carga de Babor y Estribor cayera en saco roto.

El farol de Jim rebotó contra la espalda del malvado, acabó sobre un montón de leña y originó un fuego. Para rematar la jugada, el hacha de Antón no dio en el blanco y propinó el golpe de gracia al pilar…

La grieta se alargó aún más y el techo tembló.

—¡Todos fuera!

—¡Se va a derrumbar!

—¡Y a incendiar!

El humo impedía ver y cada uno tomó una dirección distinta, mientras todo se desmoronaba.

¡El faro se vino abajo como un castillo de naipes!

Pasaron unos minutos, casi una eternidad…

Fuera del edificio en ruinas, la inmensa polvareda no quería posarse. Después se oyó un chillido agudo: era Jim, que buscaba a sus compañeros y a lady Lidia.

—¡Estamos aquí! —respondieron Babor y Estribor.

—Y yo aquí —anunció Ondina.

—¿Y Antón? —preguntó preocupado Jim.

lady Lidia salió de entre una nube de humo negro con lágrimas en los ojos.

—Me ha salvado —susurró—. Cuando el faro estaba a punto de desmoronarse, se ha sacrificado empujándome fuera…

Ondina la abrazó, como si fuese una amiga muy querida. Todos se quedaron mirando los escombros con cara de tristeza.

En esos momentos llegó desde Smog Town una guarnición de soldados para ver qué había pasado.

Entre ellos estaba también el gobernador Wilkins.

—¡Papá! —gritó lady Lidia corriendo a su encuentro.

Lord Wilkins dio la orden de arrestar de inmediato a los Lobitos, pero lady Lidia lo detuvo y, como un maremoto imparable, le contó todo lo que había sucedido…

…enfatizando la ferocidad del capitán Cucaracha y el heroísmo de Antón.

Lord Wilkins llamó a un oficial y le ordenó detener los cañonazos e izar la bandera blanca.

Saldando cuentas

¡La guerra con la Escuela de Piratas había terminado por fin!

—Gracias al valor que habéis demostrado, Lobitos de Mar, evitaremos una batalla cruenta —dijo con tono solemne lord Wilkins—. Premiaré vuestra heroica gesta con los más altos honores.

Y en ese momento…

—¡Eh, no os quedéis con todo el mérito! —gritó Antón desde debajo de los escombros.

lady Lidia y los Lobitos intercambiaron una mirada exultante de alegría.

¡Antón estaba vivo!

¡Y protestando, como siempre!

—Bueno, ¿qué?, ¿me sacáis o no? —insistió el francesito—. ¡Que estoy aquí atrapado con el apestoso capitán Cucaracha!

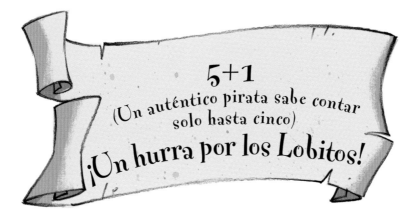

5+1
(Un auténtico pirata sabe contar solo hasta cinco)
¡Un hurra por los Lobitos!

A la mañana siguiente los bajeles de la Escuela de Piratas y la almiranta del gobernador Wilkins lanzaban salvas de cañones en la bahía en honor a los Lobitos de Mar.

¡Del cielo caían serpentinas y confeti de colores! ¡Toda Smog Town estaba de fiesta!

En el puente de la *Defender*, el gobernador había acogido al capitán de capitanes Argento Vivo y a los maestros Hamaca, Letisse Lutesse, Vera Dolores, Shark y Sorrento. Todos se habían engalanado

73

Capítulo 5+1

para la ocasión y saludaban a los oficiales de la marina británica.

Pero los más elegantes eran los Lobitos…

…vestidos con colores suntuosos, ¡como lechuguinos de la aristocracia!

—Me siento un poco fuera de lugar —le confesó Jim a Ondina, sin que le oyeran los demás—. No estoy acostumbrando a tanto lujo…

La muchacha se rascó la cabeza.

—Yo nunca había tenido el pelo tan limpio y perfumado —susurró con una mueca de disgusto.

El que estaba encantado era el francés Antón, orgulloso de su chaqueta nueva y de las miradas arrobadas de lady Lidia.

—Pero, pero… ¿qué hacéis? —exclamó de pronto.

Los muy bromistas de Babor y Estribor se habían puesto en medio de los tortolitos y reían.

¡Un hurra por los Lobitos!

—Si no os importa, este es nuestro sitio —dijeron alegremente.

Antón no tuvo tiempo de contestar porque las cornetas empezaron a tocar el himno de Smog Town.

Todos prestaron atención: por una parte el gobernador Wilkins y sus oficiales y, por otra, los representantes de la Escuela de Piratas.

—¡Ejem, ejem! —carraspeó el gobernador tirándose de los bigotes—. Estamos hoy aquí reunidos para conceder al capitán de capitanes Argento Vivo…

Se detuvo para mirar de reojo al notario, quien le entregó a toda prisa un pergamino enrollado con el sello de la marina inglesa.

—Para conceder, decía, esta «patente de corso» al aquí presente Argento Vivo, en nombre de los reyes de Inglaterra —concluyó pomposo lord Wilkins.

El presidente de la Escuela de Piratas se adelantó e hizo una reverencia.

−Os lo agradezco, lord Wilkins −dijo con su vozarrón habitual−. ¡Es un honor estar unidos por la paz!

Una avalancha de festones de colorines recubrió el puerto, donde se había dado cita todo el pueblo de Smog Town.

−¡Ahora os toca a vosotros, Lobitos de Mar! −anunció con retintín lord Wilkins.

Los chicos se pusieron firmes en sus puestos.

¿Qué tenían que hacer?

¿Pronunciar un discurso?

—Dad un paso adelante —les susurró lady Lidia—. Vamos, no seáis tímidos…

La obedecieron y se vieron ante el notario, que abrió un cofre de madera que contenía cinco medallas pesadas.

—Estas son las Escarapelas de los Héroes —les explicó lord Wilkins—. Os las entrego por el valor demostrado en la liberación de mi amada hija.

El notario les pasó por el cuello una cinta de tela azul con un medallón de oro de tíbar en el centro.

Los chicos estaban muertos de vergüenza: ¡recordarían aquel momento toda su vida!

A su alrededor, los maestros de la escuela y los oficiales ingleses asentían satisfechos. El capitán de capitanes Argento Vivo empezó a aplaudir y a continuación se desató una salva de vítores en el puente del barco.

—¿Es… es por nosotros? —preguntó Antón, que no creía lo que oía.

—Eso parece —susurró Jim, colorado como una langosta.

Ondina, Babor y Estribor sonrieron a la gente congregada en el puerto y alzaron con orgullo las Escarapelas de los Héroes.

El gesto fue recibido con aplausos atronadores.

—¡Un hurra por los Lobitos! —aullaron todos.

En ese momento Antón decidió subirse a la borda del barco para ponerle ojitos a lady Lidia…

…pero el barco se balanceó con una salva de cañones y…

¡PLOC!

Todos se desternillaron de la risa, mientras el joven francés escupía agua e intentaba mantenerse a flote.

¡Un hurra por los Lobitos!

Pero nadie recordaría aquella última trastada de Antón. Después de mil aventuras, por fin los Lobitos se habían reencontrado con sus amigos y volverían con todos los honores a la Escuela de Piratas.

¿Qué más podían pedir?

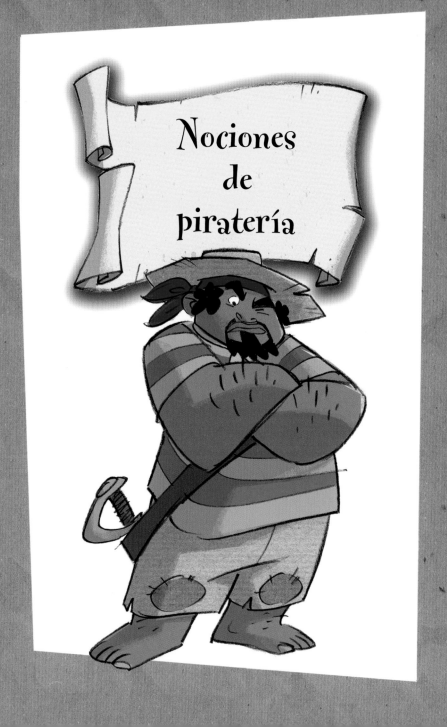

Nociones
de
piratería

La ciudad
de Smog Town

Medallas y condecoraciones

En la mar a los individuos más valerosos o capaces de llevar a cabo empresas sin precedentes se los premiaba con reconocimientos especiales. Las medallas se ponían junto a las divisas del uniforme, que indicaban el grado de los oficiales.

He aquí una muestra de las condecoraciones tan curiosas que se concedían a los marineros más valientes del mar de los Satánicos:

Maestro Cañonero

Medalla que se concedía a los capitanes que hundían más de cinco barcos enemigos (en plata) o más de diez (en oro).

Catalejo Infalible

Nuevas tierras suponen nuevas riquezas: a quien descubría una isla sin explorar y lograba plantar su propia bandera se le concedía esta prestigiosa condecoración.

Navegante Consumado

Placa que se otorgaba al capitán que trazaba el mapa de una ruta segura para los veleros mercantiles, evitando piratas, tempestades y otros peligros del mar.

Sable del Conquistador

Esta espada con la empuñadura labrada en plata se concedía a los capitanes que capturaban al menos tres barcos enemigos gracias a abordajes heroicos.

Escarapela de los Héroes

La máxima condecoración del mar de los Satánicos, concedida por empresas realmente memorables.

No solo piratas...

Todos sabemos quiénes eran los piratas pero dentro de esa denominación existían diversas modalidades. Por ejemplo, ¿cuál es la diferencia entre un pirata y un corsario? Y ¿quiénes eran los bucaneros? A continuación encontraréis todas las respuestas que buscáis... ¡palabra del pirata Steve Stevenson!

Corsarios

Los corsarios tenían permiso para depredar a los enemigos de un estado. Su papel estaba respaldado por la «patente de corso», firmada por el rey.

A cambio del permiso para saquear a las flotas enemigas, el corsario debía repartir su botín con la Corona. Pero si lo capturaban, lo metían en la cárcel como prisionero de guerra.

El corsario más famoso fue Francis Drake, quien asaltaba los barcos españoles con el beneplácito de la reina Isabel.

Bucaneros

Al principio era el nombre de los habitantes de Haití que residían en la isla como colonos. Comían carne ahumada sobre un *boucan*, una rejilla para cocinar hecha con palos. De la palabra *boucan* derivó «bucaneros». Una célebre guarida de bucaneros fue la Isla de la Tortuga, cuya forma recordaba el caparazón del animal. Entre los bucaneros se cuentan los piratas más fieros que recuerda la Historia: los Hermanos de la Costa, Henry Morgan y Jean-David Nau, conocido como Francisco el Olonés.

Filibusteros

Los piratas holandeses, ingleses y franceses, en la época en que la Isla de la Tortuga se convirtió en una guarida de bucaneros, se hacían llamar «freebooters» (saqueadores), de ahí el término francés «filibustiers» y luego el español «filibusteros».

Estos piratas eran realmente despiadados, tanto es así que la palabra «filibustero» ha pasado a designar a alguien sin escrúpulos. Cuando adquirieron mucho poder, la Isla de la Tortuga se vio pasada a fuego y hierro y los filibusteros se dispersaron por el mundo.

Índice

La Escuela de Piratas

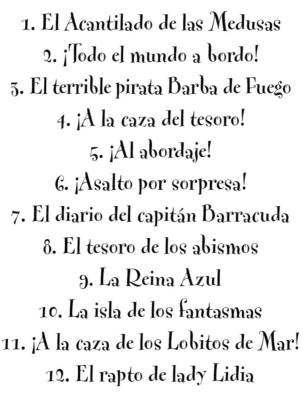